Faïences et Porcelaines

ANCIENNES

TABLEAUX, DESSINS, GRAVURES

ANCIENS

CADRES ANCIENS

BOIS SCULPTÉS — IVOIRES

ANCIENS

CATALOGUE

DES

Faïences & Porcelaines

ANCIENNES

DESSINS ANCIENS

GRAVURES ANCIENNES

TABLEAUX ANCIENS

Cadres Anciens

BOIS SCULPTÉS ANCIENS

IVOIRES ANCIENS

DONT LA VENTE AURA LIEU

HOTEL DROUOT, SALLE N° 6

LE SAMEDI 17 MAI 1913

à deux heures

COMMISSAIRE-PRISEUR

Mᵉ ANDRÉ DESVOUGES

Successeur de M. Maurice DELESTRE

Rue de la Grange-Batelière, 26

EXPERTS

M. ÉDOUARD PAPE

EXPERT PRÈS LE TRIBUNAL CIVIL DE LA SEINE

174, rue du Faubourg-Saint-Honoré

EXPOSITION PUBLIQUE

Le Vendredi 16 Mai 1913, de deux heures à six heures

CONDITIONS DE LA VENTE

Elle sera faite au comptant.

Les adjudicataires paieront *dix pour cent* en sus des enchères.

Paris. — Imp. de l'Art, Ch. Berger, 41, rue de la Victoire.

DÉSIGNATION

DESSINS ANCIENS

ET MODERNES

BONNINGTON (Attribué à R.-P.)

1 — *Mousquetaires.*
Aquarelles. Deux pendants.

CHOFFARD

2 — Deux petits dessins : *Allégories.*

CICÉRI (Attribué à)

3 — *Un Escalier parmi des ruines.*
Dessin lavé de bistre.

CICÉRI (Attribué à)

4 — *Grotte transformée en église.*

DETAILLE (ÉDOUARD)

5 — *Dessin comique.*
Inscription, avec signature et date : *30 juin 1879.*

DUCHÉ

6 — *Femme endormie sur une chaise.*
Sanguine. Signée : *Duché del. Rome, 1779.*

ÉCOLE FLAMANDE (Attribué à l')

7 — *Vache paissant.*
Sanguine.

ÉCOLE FRANÇAISE (XVIIIe siècle)

8 — *Paysanne puisant.*

ÉCOLE FRANÇAISE (XVIIIe siècle)

9 — *Laveuses.*
Sanguine.

ÉCOLE FRANÇAISE (Attribué à l')

10 — *Paysage animé.*
Dessin aquarellé.

ÉCOLE FRANÇAISE du XVIIe siècle (Attribué à l')

11 — *Bergers devant un tombeau.*
Dessin aquarellé.

ÉCOLE FRANÇAISE (XVIIIe siècle)

12 — *Paysage présentant, au premier plan, une femme qui pêche et un paysan conduisant une charrette.*

ÉCOLE FRANÇAISE (XVIIe siècle)

13 — *Portrait de Jeune Fille.*

Dessin à la mine plomb.

ÉCOLE FRANÇAISE (XVIIIe siècle)

14 — *Scène antique.*

ÉCOLE FRANÇAISE du XVIIIe siècle (Attribué à l')

15 — *Paysage animé de cavaliers et de couples devisant ou pêchant.*

ÉCOLE FRANÇAISE (XVIIIe siècle)

16 — *Deux croquis de Gentilshommes.*

Sanguines.

ÉCOLE FRANÇAISE (XVIIIe siècle)

17 — *Deux Musiciens.*

FRAGONARD (Attribué à)

18 — *Esquisse.*

FRAGONARD (Attribué à)

19 — *Escalier dans un parc.*

FRAGONARD (Attribué à)

20 — *Berger et son troupeau.*

FRAGONARD (Attribué à)

21 — *Le Songe.*

GAVARNI

22 — *Portrait de Pauvresse.*

Gouache. Signée : *Gavarni, 51.*

GELÉE (Claude)

23 — *Paysage.*

Sépia. Signée à gauche et datée.

GRAVELOT (Attribué à)

24 — *Allégorie.*

Dessin à la plume lavé de bistre.

GRANET

25 — *Moïse lisant un livre à une assemblée de disciples.*

HAMMER

26 — *Entrée de ferme.*

Signé à gauche.

INCONNU

27 — *Construction d'une arche.*

Dessin aquarellé.

INCONNU

28 — *Vue de Portici.*

Aquarelle.

(*Vente Joinville.*)

INCONNU

29 — *Vue des Environs de Fontenay-aux-Roses.*

INCONNU

30 — *Deux croquis.*

Portent l'estampille (H. G.)

HOIN (C.)

31 — *Paysage.*

Aquarelle gouachée. Signé à gauche.

JULLIAR

32 — *Le Colin-Maillard.*

— *La Main-chaude.*

Deux dessins rehaussés, signés à gauche dans la marge : *N. Julliar, fecit 1760.*

LAGRENÉE

33 — *Le Retour de l'Enfant prodigue.*

Dessin.

MOREAU (Attribué à L.)

34 — *Escalier conduisant à un parc.*

MOREAU LE JEUNE (Attribué à L.)

35 — *Le Massacre des Innocents.*

Dessin à la plume lavé de sépia.

MURILLO (Attribué à)

36 — *La Vierge et les Anges.*

PARIZEAU (PH.-L.)

37 — *Entrée de ferme.*

Sanguine. Signée à gauche.

PRINET (?)

38 — *Les Moissonneurs.*

Aquarelle.

LE PRINCE

39 — *Paysans russes et leur troupeau.*

Dessin à la plume lavé de bistre.

SCHENAU

40 — *Trois dessins de Femmes.*

TENIERS (Attribué à D.)

41 — *Mendiants.*

VERNET (J.)

42 — *Paysanne couchée.*

Signé à gauche.

TABLEAUX ANCIENS

ÉCOLE ITALIENNE

43 — *La Vierge devant l'Enfant endormi.*

Cadre en bois sculpté.

ÉCOLE FRANÇAISE (XVIIIe siècle)

44 — *Le Jour et la Nuit.*

Deux marines.

RAOUX

45 — *Jeune fille tenant un serin attaché par une ficelle.*

Haut., 1 m. 38 cent.; largeur, 1 m. 12 cent.

Cadre en bois sculpté.

GRAVURES ANCIENNES

FRAGONARD (D'après)

46 — *La Coquette fixée.*

— *Le Chiffre d'Amour.*

Par N. de Launay

HEILLMANN

47 — *Le Bon Exemple.*

— *Mademoiselle sa sœur.*

Par Chevillet.

(*Vente Ducloux.*)

LAWREINCE (D'après)

48 — *L'Assemblée au Concert.*

— *L'Assemblée au Salon.*

Par Dequevauviller.

SAINT-AUBIN (Par et d'aprés Aug. de)

49 — *Louise-Émilie, Baronne de ***.*

— *Adrienne Sophie, Marquise de ***.*

WATTEAU (D'après).

50 — *L'Occupation selon l'âge.*

Par Dupuis.

WATTEAU (D'après)

51 — *La Leçon d'amour.*

Par Dupuis.

FAIENCES ANCIENNES

52 — **Allemagne**. Deux plats ronds, décorés de gros bouquets de fleurs polychromes.

53 — **Allemagne**. Deux assiettes (Ansbach), décor de vase de fleurs, à bordure rose, imitant les porcelaines de Chine.

54 — **Aprey**. Petit pot à lait couvert, à décor polychrome de longues bandes rouges traversées par des guirlandes de fleurs.

55 — **Delft**. Dix assiettes, décor camaïeu bleu (Seront divisées.)

56 — **Delft**. Trente-neuf assiettes, décor polychrome, sujets variés. (Seront divisées.)

57 — **Delft**. Six plats bleus, décors variés.

58 — **Delft**. Deux plats, décor polychrome de fleurs.

59 — **Delft**. Assiette, décor camaïeu bleu. Au centre, sujet biblique. Au marli, angelots dans des fleurs et des nuages.

60 — **Delft**. Potiche couverte à panse déprimée, décor dérivé de celui dit « aux cœurs ». Fond vert avec réserves de fleurs.

61 — **Delft**. Traineau porte-pipe, décor rouge, bleu, vert et or. Sur les différentes faces, paysages avec patineurs.

62 — **Delft**. Porte-huilier et deux burettes, décor bleu, rouge et or.

63 — **Delft**. Tout petit médaillon ovale, décor polychrome avec rehauts d'or. Il représente un jeune homme et une jeune fille devisant, assis sur un tertre et tenant une cage.

64 — **Delft**. Très beau plat creux, de forme ovale, à décor rouge, vert, noir et or, représentant une jeune Chinoise à son balcon, offrant des fleurs à un personnage bigarré qui danse devant elle. Oiseaux fantastiques, fleurs et branchages.

Larg., 42 cent.

65 — **Italie**. Plateau rond sur piédouche, représentant Orphée jouant du luth et charmant les animaux.

66 — **Kiel**. Grande assiette, décor camaïeu bleu. Au centre, sujet champêtre ; au marli, guirlandes de fleurs.

67 — **Lille**. Pot à tabac couvert, figurant une tête de nègre coiffée d'un foulard jaune.

68 — **Lille**. Échiquier de forme carrée, à cases bleues et jaunes. La bordure, finement décorée en bleu et rouge de rosaces et de rinceaux, présente quatre mascarons alternant avec quatre écussons timbrés des armes de la famille d'Arvernes.

Dimens., 42 cent.

74

62

61

61 — **Delft.** [illegible] petite [illegible], décor rouge, bleu, vert et or. Sur les différentes faces, paysages avec pêcheurs.

62 — **Delft.** Porte-huilier à deux burettes, décor bleu, rouge et or.

63 — **Delft.** Tout petit [illegible] polychrome avec reliefs [illegible] représentant homme et une jeune fille [illegible] sur un tertre et tenant une fleur.

64 — **Delft.** Très beau plat creux, [illegible] à décor rouge, vert, noir et or [illegible] jeune Chinoise [illegible] personnage [illegible] qui [illegible] Rebords aux fantastiques, fleurs et [illegible]

[illegible]

65 — **Italie.** Plat en rond sur piédouche [illegible] représentant Orphée jouant du luth et charmant les animaux.

66 — **Kiel.** Grande assiette, décor camaïeu [illegible]. Au centre, sujet champêtre au milieu, guirlandes de fleurs.

67 — **Lille.** Pot à tabac couvert, figurant une tête de nègre coiffée d'un turban jaune.

68 — **Lille.** Échiquier de faïence [illegible] roses, [illegible] blanches et jaunes. La bordure [illegible] décorée en vert et rouge de rosaces et de [illegible] présente quatre mascarons [illegible] écussons timbrés des armes [illegible] famille d'Arennes.

[illegible]

74

62

61

HELIO LÉON MAROTTE

69 — **Moustiers**. Assiette de l'atelier de Ferrat. Au centre, grosse rose. Décor rose au marli.

70 — **Moustiers**. Plateau à huit pans, décor camaïeu bleu, dans le goût de Bérain. Au centre, Vénus et l'Amour.

71 — **Moustiers**. Plat ovale, décor camaïeu bleu. Au centre, cartouche orné de draperies, de fruits et d'oiseaux à tête de femme.

Larg., 50 cent.

72 — **Moustiers**. Cuvette, décorée en camaïeu bleu, dans le goût de Bérain, de cariatides, figurines d'enfants et dauphins. Au centre, double écusson couronné.

Larg., 38 cent.

73 — **Moustiers**. Bassin, décor polychrome, dont le fond est complètement recouvert par une grande composition représentant le Triomphe de Minerve. Au marli, rocailles et tête de satyre.

74 — **Moustiers**. Grand plat rond, décoré en camaïeu bleu, au centre, d'une composition empruntée à Tempesta, représentant une chasse au lièvre. Au marli, ornements de ferronnerie.

Diam., 56 cent.

75 — **Nevers**. Corbeille ovale, décor bleu persan à rehauts de blanc fixe, représentant un personnage oriental suivi d'un page qui porte son manteau.

Larg., 48 cent.

76 — **Niederwiller**. Petit meuble composé de deux corps formant commodes, à tiroirs mobiles. Au fronton, cartouche portant les initiales E. C. B.

Haut., 33 cent.

77 — **Niederwiller**. Statuette de berger debout, décor polychrome.

78 — **Niederwiller**. Statuette de paysanne portant un panier de fruits.

79 — **Niederwiller**. Porte-bouquet, à décor de fleurs polychromes.

80 — **Palissy** (Suite de). Petite plaque, représentant la Sainte Vierge tenant dans ses bras l'Enfant Jésus. Cadre ancien en bois sculpté et doré.

81 — **Rouen**. Petit pot couvert, très fin décor camaïeu bleu.

82 — **Rouen**. Paire de petites bouteilles à bases renflées, décor polychrome à la pagode.

83 — **Rouen**. Plat ovale godronné, à bords chantournés, décoré en camaïeu bleu de rinceaux sur le bord et au centre.

84 — **Rouen**. Plateau à huit pans avec piédouche, décor rayonnant polychrome. Pièce reproduite dans la *Faïence de Rouen*, par Ris-Paquot.

Diam., 29 cent.

84

86

[illegible] — **Niederwiller.** Petit meuble composé de deux corps [illegible] commodes, à tiroirs mobiles [illegible] [illegible] [illegible] initiales [illegible] [illegible] C.

[illegible]

77. — **Niederwiller.** [illegible]

78. — **Niederwiller.** [illegible] poinçon de [illegible]

79. — **Niederwiller.** [illegible]

80. — **Palissy** (suite de). Petite plaque [illegible] [illegible] [illegible] ancienne [illegible]

81. — **Rouen.** Petit pot [illegible] très [illegible]

82. — **Rouen.** [illegible] de petites [illegible] [illegible] à la [illegible]

83. — **Rouen.** Plat ovale [illegible] [illegible] en camaïeu bleu [illegible] sur le bord et au centre.

84. — **Rouen.** Plateau à [illegible] avec [illegible] décor rayonnant [illegible] Pièce reproduite dans la *Faïence de Rouen*, par [illegible].

[illegible]

64

86

HELIO LEON MAROTTE

85 — **Rouen.** Grand plat creux, décoré en camaïeu bleu de larges guirlandes de fruits alternant avec des lambrequins et des motifs rayonnants.

Haut., 39 cent.; larg., 46 cent.

86 — **Rouen.** Grand plat ovale, décoré en bleu, rouge et ocre, au centre, d'un large lambrequin sur lequel repose un vase accoté de deux autres vases plus petits. Bordure formée d'écussons et de quadrillés.

Haut., 37 cent.; larg., 46 cent.

PORCELAINES

ANCIENNES

87 — **Arras**. Trois assiettes, décor polychrome à la tulipe, à l'anémone et à la rose. Marquées *AR* en rouge.

88 — **Arras**. Assiette dont le décor très rare est emprunté à la rose et à l'anémone. Marquée *AR* en rouge.

89 — **Chine**. Deux plats creux, décor polychrome.

90 — **Hoechst**. Petit plateau à cinq compartiments, contenant le roi de cœur, la dame de pique, le valet de trèfle et le dix de carreau. Au centre, le sept de carreau. Marque à la roue rouge.

91 — **Indes**. Cafetière, deux tasses et leurs soucoupes, trois raviers avec armoiries.

92 — **Niederwiller**. Petit groupe composé d'un jeune garçon et d'une jeune fille assis sur un tertre. Décor polychrome.

93 — **Paris** (?). Écuelle couverte et son plateau, décorés finement d'oiseaux polychromes. Marquée en rouge d'une rosace quintefeuille.

94 — **Vienne**. Assiette dite trompe-l'œil à fond bois. Au centre, paysage en bistre.

CADRES ANCIENS

95 — Cadre rectangulaire en bois sculpté et doré, à entrelacs de fleurettes, rinceaux et coquilles. Époque Louis XV.

Haut., 88 cent.; larg., 1 m. 06 cent.

96 — Cadre en bois sculpté et doré, orné à sa partie supérieure de carquois, rubans et guirlandes descendant sur les côtés du cadre. Époque Louis XVI.

97 — Cadre en bois sculpté et doré, orné de trophées, guirlandes retombantes, et en haut d'un médaillon portant les lettres D. F. enlacées (initiales de Mme Favart). Époque Louis XVI.

98 — Cadre en bois sculpté et doré, finement décoré de rinceaux et coquilles. Époque Louis XIV.

OBJETS VARIÉS

99 — Statuette d'enfant en argent : Allégorie de l'Automne.

100 — Petit groupe en buis, très finement sculpté : Jésus enfant entre la Vierge et saint Joseph. XVIIe siècle.

Haut., 16 cent.

101 — Groupe en chêne sculpté et polychromé : Évêque guérissant un paralytique, entouré d'un groupe de femmes.

Haut., 32 cent. ; larg., 44 cent.

102 — Bas-relief en buis, représentant l'Assomption. Dans le haut, la Vierge Marie, entourée d'anges, est couronnée reine du Ciel. Dans le bas, les apôtres entourent son tombeau vide. Encadrement en ébène avec applications d'argent. XVIIe siècle.

Haut., 72 cent. ; larg., 47 cent.

103 — Tête en ivoire, polychromé, ayant jadis été placée dans une gaine en métal.

104 — Statuette en marbre polychromé et doré de Lope de Vega, tenant dans la main gauche le crucifix, la droite appuyée sur un écusson portant ses armoiries en relief. Base ajourée avec les mêmes armoiries.

Haut., 52 cent.

105 — Bas-relief en ivoire représentant la Sainte Vierge portant sur ses genoux le Christ mort entouré d'anges. XVIIIe siècle. Cadre en bois noir.

106 — Bas-relief en ivoire, représentant l'Age d'or. Personnages étendus au premier plan. Groupes nombreux à l'arrière-plan. XVIIIe siècle. Cadre en bois noir.

107 — Objets omis.

SUPPLÉMENT

108 — Paysage : *Chênes au bord d'une mare*, par Léon Richet.

109 — *Étude de fruits*, par Madeleine Lemaire. Signé.

110 — *Sainte Famille*. Toile.

111 — *Amour dans un baquet conduit par des dragons*. Gravure.

112 — *Lion marchant*. Bronze, signé : *Barye*.

113 — Cartel, bronze ciselé et doré. Style Louis XVI.

114 — *Le Chanteur florentin*, de Paul Dubois.

115 — Deux chaises acajou. Époque Empire.

116 — Fauteuil Empire.

117 — Tabouret forme X.

118 — Deux canapés. Époque Directoire.

119 — Petit bonheur-du-jour. Époque Empire.

120 — Poudreuse, bois de rose. Époque Louis XVI.

121 — Lot de netzkés, verres, etc.

122 — Deux fragments de pierre. Sculpture byzantine.

123 — *Guerrier gaulois*, par CHARTRAN. Signé et daté : *1877*.

www.ingramcontent.com/pod-product-compliance
Ingram Content Group UK Ltd.
Pitfield, Milton Keynes, MK11 3LW, UK
UKHW032017260826
14628UKWH00006B/2542

9 782329 450704